KB092015

시간 속에 갇힌 여백

김희영 시집

시음사
시사랑음악사랑

세월을 그리는 시인 김희영

산을 옮겨 버릴 것 같은 기개와 물을 베어 버릴 것 같은 날카로움, 그러면서도 햇볕 따스한 봄날에 피어난 꽃잎처럼 부드러움을 느낄 수 있는 시 한 편을 접하는 것은 시인뿐만 아니라 일반 독자에게도 큰 기쁨일 것이다. 얼마 전 유화로 그린 시화전 행사장에서 김희영 시인의 "할아버지와 벽시계"라는 작품을 접할 수가 있었다. 그때의 느낌이 지금 말하고 있는 감동이었다. 한눈에 들어오는 작품의 무게감을 느낄 수 있었던 것은 詩 창작에 대단한 열정으로 배움의 길을 꾸준히 걸어오셨기에 가능한 일이었을 것이다. 시적 상상력을 형상화는 능력 무의식적 핵심감정과 문제의식을 화자의 이야기로 적절히 만들어 가면서 내적 감정을 충분히 표현한 작품들이기에 정서적인 안정을 주는 것일 것이다. 또한 삶에서 얻은 풍부한 경험과 살아오면서 터득한 지식을 자신의 것으로 만들었기에 멋진 작품이 나올 수 있었을 것이다.

김희영이 이제 정식으로 시인이라는 명사를 이름 앞에 붙이고 세상에 그 첫걸음을 시작하기 위해 독자 앞에 섰다. 독자들은 시인 김희영을 지켜볼 것이다. 김희영 시인의 작품 중에서 대표작을 꼽으라고 한다면 딱히 몇 작품을 말하기 어렵다, 한편 한편에 감추어진 이미저리(imagery)가 주는 느낌이 서로 다르고, 시만이 가지고 있는 장점들이 있기 때문이기도 하지만 시인의 자아를 잘 표현하고 있기 때문이다. 김희영 시인을 잘 나타낸 작품 중에는 "자화상"이란 작품이 있다. 시인의 시풍과 고급스러운 시어의 연결로 잘 짜인 비단을 보는 듯 결점이 없는 것은 시인에 삶의 기록이기 때문일 것이다. 오랜 시간 잘 삭힌 김희영 시인의 작품이 이제라도 "시간 속에 갇힌 여백"이라는 의미 있는 제호로 시집을 엮어 선보이는 것을 축하하면서 독자에게 권하고 싶은 책이다.

사단법인 창작문학예술인협의회 이사장 김락호

시인의 말

여름보다 가을은 빨리 지나갑니다.
우리의 삶은 기차를 타고 여행을 하는 것과 같아서
고속으로 달리다가 어느 지점에서는 점점 느리게 갑니다.
캄캄한 터널도 지나고 산모퉁이를 돌아 강물이 도란도란
흘러가서 강여울을 지나고 어느 이름 모를 간이역에 내려
산새들이 지저귀는 숲길과 코스모스 활짝 피어 반기는
가을 길을 걸어보며 친구와 함께 도란도란 옛이야기도 나
누고
이름 모를 풀꽃들과 마주 보며 시인의 길을 걸어보렵니다.
이 시를 읽는 독자들에게 따스하고 기쁨이 되며
즐거움을 준다면 참 좋겠습니다.
사랑하는 가족과 친척 지인들에게 고마운 마음을 전하며
건강하시고 행복하시기를 바랍니다.

시인 김희영

선재 김희영 시인

서울 목동 거주
대한문학세계 시 부문 등단
(사)창작문학예술인협의회 정회원
대한문인협회 서울인천지회 정회원

(사)창작문학예술인협의회 전국 시인대회 동상
2014년 명인명시 특선시인선 선정
2014년 대한문인협회 올해의 시인상 수상
대한창작문예대학 동인지 공저
유화에 시의 영혼을 담다 공저
들꽃처럼 공저

kimheey19@hanmail.net

QR 코드 스마트폰으로 **QR** 코드를 스캔하면
시낭송을 감상할 수 있습니다.

 제목 : 할아버지와 벽시계
시낭송 : 김락호

 제목 : 할머니와 무쇠솥
시낭송 : 박영애

 제목 : 장미와 어머니
시낭송 : 최명자

 제목 : 자화상
시낭송 : 최명자

 제목 : 별자리 여행
시낭송 : 박영애

 제목 : 가을 시장
시낭송 : 최명자

 제목 : 동행 (부부)
시낭송 : 박순애

 제목 : 향나무
시낭송 : 최명자

 제목 : 카메라와 삼각대
시낭송 : 김락호

 제목 : 일출
시낭송 : 박태임

詩 문을 열며

시간 속에 갇힌 詩

삶에 묻어 둔 시간

가슴에 묻어 둔 시간

여백 속에 가둔 시간

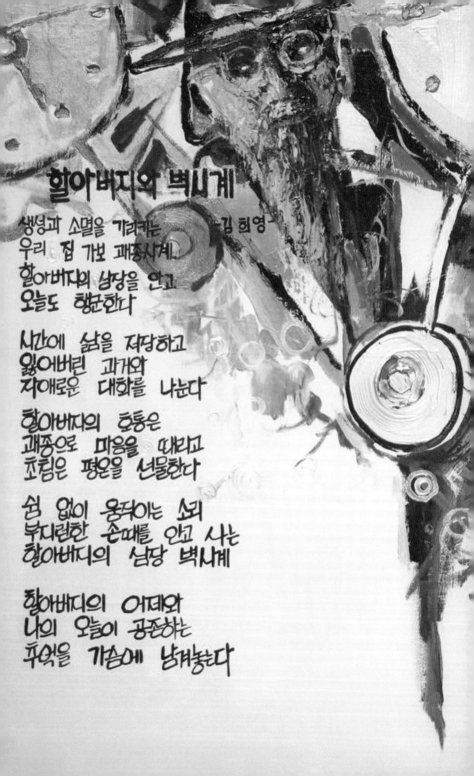

할아버지와 벽시계

생성과 소멸을 기록하는 　　 ─ 김희영
우리 집 가보 괘종시계
할아버지의 심장을 안고
오늘도 행군한다

시간에 삶을 저당하고
잃어버린 과거와
자애로운 대화를 나눈다

할아버지의 호통은
괘종으로 마음을 때리고
초침은 평온을 선물한다

쉼 없이 움직이는 쇠뇌
부지런한 손때를 안고 사는
할아버지의 심장 벽시계

할아버지의 어제와
나의 오늘이 공존하는
추억을 가슴에 남겨놓는다

시간 속에
갇힌 예복

詩 문을 열며

비에 젖은 하루는
잔잔한 웃음과 동행하고
하루하루의 행복은
긴 여정 동행의 끈을
오늘도 한 가닥 이어 간다

동행 (부부)

비가 오는 봄날에
추적 이는 빗소리만큼
끈끈한 동행이
거실에 마주 앉아 있다

지루한 일상이 술렁거린다
발동한 장난기
내기에 이기면 소원 들어주기
불타는 승부욕에 빗소리도 숨죽인다

치고 빠지는 지혜로움
배려하는 마음은
웃음의 작은 열쇠가 되고
듬성듬성 내려앉은 백발은
무색함에 등을 돌린다

맞붙는 승부욕이
속임수는 절대적
능청 떠는 속임수에
웃음은 빗소리를 뚫고
담장을 넘어선다

제목 : 동행 (부부)
시낭송 : 박순애
스마트폰으로 QR 코드를 스캔하면
시낭송을 감상할 수 있습니다.

16

비에 젖은 하루는
잔잔한 웃음과 동행하고
하루하루의 행복은
긴 여정 동행의 끈을
오늘도 한 가닥 이어 간다

카메라와 삼각대

다가갈 수 없다
서 있을 수도 없다
네가 없는 나는
그저 흔들리는 초점일 뿐이다

어둠을 찍는다
찰나는 빛을 모으고
셔터의 오랜 기다림은
바르르 심장을 떨게 한다

혼자는 불안하고
둘이서는 흔들리고
셋이서 당당하게
웃고 있는 여유
세상을 향해
힘차게 외칠 수 있는 것은
하나 되는 셋의
따뜻한 체온 때문이다

야멸찬 세상에 버려진 삶을
세찬 비바람에 흔들리는 삶을
선명한 빛으로 렌즈에 담는다

제목 : 카메라와 삼각대
시낭송 : 김락호
스마트폰으로 QR 코드를 스캔하면
시낭송을 감상할 수 있습니다.

홀로 살기엔 벅찬 세상
좌절 안에서
손잡아 주는 이 있어
힘찬 설렘으로 삶을 끌어안는다

진달래

산자락 휘어잡고
봄이 깨어 일어난 자리
꽃만 피우고 제 몸 살라
산불로 내려 솟는다

척박한 땅 맨살에 뿌리들이 얽혀
여린 꽃잎 바람에 찢길까
살포시 봄볕에 마음을 기댄다

온 산에 만개한 참꽃
작은 너의 생명에서
꽃술이 따사로운 봄을 부른다

돌아서면 우수수 떨어질까
내 안에 갇혀 있던 그리움도
함께 가져간 연분홍빛 인연

가슴이 온통 선혈 되어
핏방울 솟구치듯 분출하고
산기슭 기둥마다
그리움 매달아 놓고
임의 발자취 쫓아간다

할아버지와 벽시계

생성과 소멸을 가리키는
우리 집 가보 괘종시계.
할아버지의 심장을 안고
오늘도 행군한다

시간에 삶을 저장하고
잃어버린 과거와
자애로운 대화를 나눈다

할아버지의 호통은
괘종으로 마음을 때리고
초침은 평온을 선물한다

쉼 없이 움직이는 소리
부지런한 손때를 안고 사는
할아버지의 심장 벽시계

할아버지의 어제와
나의 오늘이 공존하는
추억을 가슴에 남겨 놓는다

제목 : 할아버지와 벽시계
시낭송 : 김락호
스마트폰으로 QR 코드를 스캔하면
시낭송을 감상할 수 있습니다.

21

장미와 어머니

우리 집엔 담장이 없다
어머니의 권유로 돌담을 헐어 내고
오색장미를 심었다

덩굴장미를 올려 아치형 대문을 만드니
마당과 대청마루와 뜰이 꽃 대궐이 되었다.

유난히 장미꽃을 좋아하시는 어머니는
장독대 가장자리와 앞, 뒤뜰에도
여러 가지 색깔의 장미를 모둠으로
심어놓고 가꾸시면서 어머니의 얼굴은
빨간 장미꽃이 되었다.

젊었을 때는 성정이 약간 까칠하셔도
아내의 매력은 톡톡 쏘는 가시라며
웃으시는 아버지 앞에 어머닌 열렬한
사랑의 대상이었으리라

붉은 장미 같은 마음을 나누는 재미로
사시는 어머니 세월이 지나 얼굴에
주름이 가득해도 매력만은 여전하시다

제목 : 장미와 어머니
시낭송 : 최명자
스마트폰으로 QR 코드를 스캔하면
시낭송을 감상할 수 있습니다.

호숫가에 가면

수면 위에 어리는
얼굴 하나
웃고 서 있다

그 옆에 아침이슬 머금은
초롱꽃도 날 보고
웃고 서 있다

가슴 한가운데로
물수제비 뜨던
휘파람이 지나간다

오랜 기다림을 위해
호수는 깊은 곳에
꽃씨를 내린다

호숫가에 가면
그리운 것들이
살아서 내게로 돌아온다

새봄 강가에서

얼음 풀린 강물 위로
더딘 생각을 목에 두르고

강변을 두리번거리며
느린 물결 따라 봄볕이

강수심의 찌든 때를 밀기 시작할 때
묵은 속내를 환하게 드러냅니다.

올라왔다 숨어 버리는 물고기처럼
내려앉는 마음을 휘파람을 불며

자전거를 타고
이른 봄을 굴립니다.

쪼그라든 시간을 해부하고
휘어지고 부러진 아픔들을

봄 강물이 어루만져 주고
마음은 벌써 창공을 나릅니다.

치자꽃 향기

치자꽃 향기 고운 칠월
화려하게 왔다가 고요하게 지는
노란 잎들이 뜨락에 내리면
눈물을 흘리며 지는 꽃대 속에
아름다운 치자가 열립니다.

많은 사람에게
기쁨을 줄 수만 있다면
조그만 향기를 만들어
우리 삶 모두가 꽃밭이 되도록
향기로 가득 채우고 싶어요.

붉은색 치자 열매로
하얀 천에 고운 물 들여
우리 엄마 목수건 둘러 드립니다

꽃사슴

금관가야의 왕이 쓴
왕관 같은 뿔의 우아함으로
권위를 뽐내며 황금빛 미래를
꿈꾸는 자태이다

눈은 먼 길모퉁이 돌아오는
산기슭에 시선이 머물고
두고 온 정인을 기다림인가
그리움 쌓인 눈망울이다

깨끗한 청초와 맑은 물만
먹어서 선한 마음 그대로 인가
눈망울에 나타나
겁이 많은 표정이다

무리 지어 다니는 것은 약속이라도 한 듯
귀를 쫑긋 세워 먼 데 소리 감지하고
위험을 방어하는 행동이 빠르다

마음이 유순하여 평화로움
그 자체라 울적하고 괴로울 때
보기만 해도 털의 부드러운 감촉
융단을 펼쳐놓은 듯 눈부시다

평화와 위안을 주고 칡덩굴
초록 잎으로 목에 머플러
둘러주니 우리 엄마 닮은
표정 같아 선명하게 각인된다

봄비가 내릴 때

빗소리 벗 삼아
우울하고 아픈 마음
달래려고 길을 나선다

아픈 마음 송두리째 내려놓고
그 자리에 아름다운 생각의
꽃씨를 심는다

움트고 새싹 자라 봄비로 물 주고
나뭇가지마다 뻗어 나간 새순에
물이 오르고 꽃봉오리 터지면
벌 나비들도 모여들어 기쁨과
슬픔의 환희를 맛보겠지

아픔을 참고 견디다 보면
즐거움도 맛보고 희열도 있고
어느 사이 꽃피우고 결실을 보고
눈물도 거두고 기쁨으로 생을 만나지

촉촉이 젖은 길 위를 걷다 보면
비는 거치고 버들강아지 움 터고
따뜻한 햇볕이 대지를 비춘다

바람의 소식

올봄도 봄바람은
새싹을 데리고
시골집 앞마당에
환하게 웃으며 서성입니다

한낮 봄볕이 바람 속에 흐르고
종종걸음 내달리는
노란 병아리도
바람 속에 흐를 때
울타리 개나리꽃들이
일제히 꽃을 피웁니다

바람의 모습은 눈으로 볼 수 없지만
나뭇잎의 흔들림으로
그 방향은 알 수 있습니다

사람의 마음 또한 볼 수 없지만
마음의 움직임은 행동으로 드러납니다

배려

내 창가에 쌓인
먼지만 닦다가

창 넘어 이웃의
아픔도 마음을 씁니다.

삼씨 금이 고모님

참 아름답고 곱습니다
팔십 중반인데 얼굴에 주름살이 없고 깨끗합니다
건강도 좋았는데 허리가 아프다고 하십니다

친정집을 끔찍이도 생각하시고
남동생을 친정집 대들보라고
주무시다가도 벌떡 일어나 좋아하십니다

마음이 진실하여 삼씨라고 칭찬이 자자합니다
말씨에서 사랑이 묻어납니다
대화를 해보면 정이 우러납니다
솜씨가 뛰어나서 누구의 입맛에도
맞도록 요리를 잘하십니다

맵시가 뛰어납니다
옷을 입은 자태가 곱고 예뻐서
할아버지께서 금이라고 아호를 지어주셨습니다

고모님이 우리 집에 오시면
지금도 삼"씨" 금이 온다고 합니다
요즈음도 친정 조카들과
잘 어울리고 여행도 자주 다니십니다

시간 속에 갇힌 詩

다사다난했던 지난해의
많은 아픔을 다독이고
아침 햇빛 찬란하다

자화상

바다를 품은 갈매기
소라 껍데기의 사연을 품고
높푸른 하늘로 비상한다

우유부단한 성격
인연의 고리 얽혀
파도에 내어주고
갈매기에 파먹히고
빈 껍질뿐이다

질퍽한 갯벌을 헤집으며
파도에 휩쓸려도
갯바위에 올라 세상을 보는
끈질긴 희망을 찾고 있다

짠물에 절인 나의 생
바다를 그리워하며
짠맛 풍기는 모래에 묻힌
소라껍데기다

제목 : 자화상
시낭송 : 최명자
스마트폰으로 QR 코드를 스캔하면
시낭송을 감상할 수 있습니다.

일출

도도하게 타오르는 불덩이는
생명처럼 새해 새날
새 아침을 열어 준다

어제의 성난 파도는
여명의 빛 아래 잠잠히
순한 양 같이 유순하다

다사다난했던 지난해의
많은 아픔을 다독이고
아침 햇빛 찬란하다

겨울 한가운데의 모랫길은
발바닥을 간지럼 태우고
손에 손잡고 수평선 위로
떠오른 태양에 양의 해
소망을 걸어 본다

침묵하며 인내한 만큼의
화해와 덕담을 담아서

제목 : 일출
시낭송 : 박태임
스마트폰으로 QR 코드를 스캔하면
시낭송을 감상할 수 있습니다.

여백(그리움)

빛바랜 사진을 정리하다
시선이 멈춘 곳에
지울 수 없는 흔적들이
뇌리에 들어차서 복잡하다

인화된 사연들 한 장씩
들춰보니 시린 가슴
냉골에 칼바람이다

쪽 찐 머리 외씨버선
댓잎처럼 사각거리는
한산모시 고운 자태
사각 틀에서 웃고 있다

외유내강 부드러운 손길
집 안 구석구석
손때 묻은 흔적들이
눈 안으로 들어온다

앨범을 닫고 그리움의 커피 향에
아픈 기억들이 투영되고
하나둘씩 망각의 샘으로 돌려보낸다

그리움은 할머니의 웃음 따라 허공을 떠돈다

지리산 상부 댐

솔 향 그윽한 호수
푸른 하늘이 내려앉아
정인의 눈빛 닮았다

고요의 비경
모두가 꿈결이듯 아득하여
파문 없는 쪽배 하나 띄워
하염없이 저어가면
산새도 포록포록 날아오겠다.

밤이면 별이 내려 잠들고
아침이면 물안개 어리어
속세를 비켜난 무아의 경지

부초 같은 삶
돌아 세우지 못하여
구름 따라 흐르고 싶은
지리산 상부 댐

별자리 여행

칠월이면 청초 타는 냄새 가득한 저녁 마당
대나무 평상에는 이야기꽃이 어우러지고
아버지의 팔베개 높고 푸른 별자리 여행

무리 지어 쏟아져 내리는 은하수 폭포 건너
북극성을 지나서
아버지는 내 별자리 전갈을 찾는다

주름진 검지 손, 징검다리 만드시는 사랑의 검지
아버지의 손길 따라 떠나는 별자리 여행
가슴에 빛난 별을 품으라 신 그리운 목소리

그리운 저녁 찾아보는 별자리
당신의 별자리 참고로 정해 보았는데
은하수에 깊이 가려 보일 듯 보이지 않는
보은의 궁수자리별 온화한 미소

세상의 꿈을 펼치고 있느냐…

제목 : 별자리 여행
시낭송 : 박영애
스마트폰으로 QR 코드를 스캔하면
시낭송을 감상할 수 있습니다.

고려 궁지

솔바람은 낮은 담장 너머로
긴 세월 적막한 동헌(東軒)
뜰을 기웃거린다

팔짝 지붕 겹처마에
매달린 풍경소리
역사의 한처럼
인경 간 맴돌 때

봉곳이 피어나는
꽃 무리 속에
먼 길 떠나는
민들레 홀씨 하나
무수한 이야기 품은
궁터를 떠나간다

고려궁지: 인천광역시 강화군 강화읍에 있는 옛날 고려 시대 궁궐터

산촌과 바다 이야기

소금에 간간 짭조름하게 절인 간고등어
밥숟가락 위에 얹어 먹는 그날 저녁은
영순이네 어머니 바다 이야기가 구수한 저녁이다

멸치와 마른오징어 김 미역 마른 새우 산골에서는
나지 않는 바다 시장이 펼쳐지는 날에는
동네 사람들이 모여 쌀과 바다를 물물 교환하는 날이다

쌀밥에 생선 자반으로 저녁을 먹은 후면
바닷가 파도치는 이야기와
오징어잡이로 만선이 되어 돌아오는 배와
상어 떼를 만나 사투를 벌인 이야기가 재미있다

폭풍우를 만나 돌아오지 못한 길수 아버지와
뱃사람들의 이야기로 긴 겨울밤이 깊어가고
저녁 간식으로 삶은 고구마와 동치미 국물로
출출한 배를 채우고 산골과 바다를 오가던
사람의 이야기로 밤이 깊어 갔다

함께 가는 길

길을 함께 걸어가도
그는 걸음이 빠르고
나는 느릿하게 걷는다

차를 타고 가면서도
그는 가고 있는 길만 주시하고
나는 지나온 길을 뒤돌아본다

그는 목적을 향하여
결과를 중시하며
나는 가는 동안 방법에
중점을 둔다

삶은 기차를 타고
여행을 하는 것과 같아서
고속으로 목적지에
도착하는 것과

쉬엄쉬엄 이름 모를
간이역에 내려서
코스모스 꽃길에
사진도 찍고

향기로운 찻집에서
국화 향 그윽한
차 한 잔 마시며

목적지에서 만나고
원하는 곳에서 내리고
맛있게 음식을 먹을 수 있고

정확하고 빠른 길을 가는 것과
여유를 가지고 쉬엄쉬엄 가는
것이 다를 뿐 함께 가는 길이다

여름휴가

내가 나고 자란 옛집으로 여름 휴가를 왔다

동구 밖 느티나무에 매미 소리와
시냇가에서 물고기 잡는 아이들의 재잘거림은
그때나 지금이나 매한가지인데

목단 꽃보다 더 곱던 어머니 얼굴은
주름살이 쭈글쭈글 그 모습이 아니다

어렸을 때 우리 집은 아주 크고
추녀 끝도 높았는데
이제는 작고 낮아 보인다

뛰놀던 마당도 운동장 같았는데
왜 이리도 좁아 보일까

내가 빌딩 숲만 오고 가며
넓은 세상을 휘돌아 다녀서
눈높이가 달라졌나 보다

두레박으로 우물물을 길어서 목물하고
선풍기 앞에 앉아 수박 한 입 베어 문다
신선이 따로 없다

늙어가는 어머니가 고향 집에 계시니
모든 것이 정겹고 푸근하다

마른장마

칠 년 가뭄
비 오지 않는 날
하루도 없다더니
맥반석 위에 올려놓은
오징어처럼 꼬인 대지

길 숲의 풀잎과 꽃들도
하늘을 볼 수 없어
고개를 숙이고 있다

야속한 먹구름
한줄기 시원하게
쏟아질 것만 같아도
실바람 따라 휘돌아 먼 산
너머로 사라져 버린다

하늘만 쳐다보고 기약 없는 비
내리기만 기다리고 있을 때
우두둑 요란한 빗방울
풀잎도 젖기 전에
거두어 버린다

타들어 가는 가슴이
배배꼬인 넝쿨처럼

먹구름 한 점 타는 목마름
우두둑 뿌려주고
달아나 버린 마른장마
말라버린 내 가슴에도
비가 내린다

석류나무

아버지 퇴직하시던 날
어머니가 사 오신 석류나무
한 그루

젊은 날 가장 좋은 시절에
후학을 위하여 다 쏟아붓고

회색빛 노을에 가족의
품으로 돌아오시던 날

신혼처럼 살자고
뜰 안에 심은 나무

부부의 정으로 물 주고
사랑 주어 곱게 자란 나무

팔월의 강렬한 햇살 아래
풍만하게 딱딱 갈라진 석류 알

새콤달콤 신혼의 맛을 내는
부부는 오늘도 석류나무 아래서
행복을 나눈다

삶의 여백

하얗게 삶은 빨래가 바람결에 나부끼듯이
내
삶
의
부
분
도
함
께
펄
럭
입
니
다

칠월이면 청초 타는 냄새 가득한 저녁 마당
대나무 평상에는 이야기꽃이 어우러지고
아버지의 팔베개 높고 푸른 별자리 여행

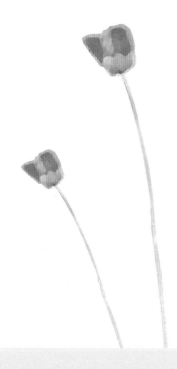

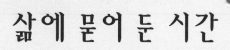

삶에 묻어 둔 시간

바람이 손짓하는 사이로
코스모스 맑게 한들거리고
발밑에 쌓이는 고운 추억들
가슴 저린 가을 사랑이 익는다

양면성(장미의 두 얼굴)

화려한 향기를 지닌 꽃잎의 춤사위
5월의 초록을 붉게 태우고
향기가 흘린 눈물
가시 되어 심장을 찌른다

화려한 향기에 가려진 어둠은
삶 앞에 무릎 꿇는 처절함이었다
커다란 손길은 향기를 꺾어 삼키고
향기에 가려진 어둠은
눈부신 햇살에 더 깊은 어둠 속으로 잠식한다.

시리게 눈부신 햇살
혹독한 어둠이 삼키고
향기로운 꽃잎은
가시 돋친 외로움을 키운다.

화려함으로 붉게 타는 꽃잎
날카로운 가시를 품은 향기
장미의 두 얼굴엔
만질 수 없는 아름다움이
서슬 퍼런 웃음을 던진다

먼 기억 속의 그리움

추억은 아름답다지만
나의 가슴속에는
그리움으로 남아 있습니다

서성거리는 가을이 내리는 날
창가에 서면
빗방울 하나하나도 그리움입니다

나란히 어깨 감싸고 걷고 싶어
무작정 길 나서면
그대는 없고 찬바람만 붑니다

어디 있나요
소녀의 마음 전할 길 없고
그대 마냥 보고 싶네요

그리움까지만 인연인가 봅니다

고향의 향수

제짝 찾아 둥지를 만들어
떠나간 형제 남매들
모태를 찾아 모여들었다

당산 아래 본 고향 앞뜰에는
훌쩍 커버린 은행나무가
옛 이야기 간직한 채 팔 벌려 반겨주고

저마다 사연 간직한 유실수 나무들은
붉고 크게 여물어 간다

한 지붕 삼 남매 못다 한 이야기로
짧은 시간 어두워지고 밤새 도란도란
이야기 소리 끝나지 않는다

뒤뜰 밤나무 밤송이 벌어져
알밤 툭툭 탁 떨어지고
우리가 모르는 많은 이야기를 들려준다

정성이 넘쳐흐르는 식탁에는
어머니 솜씨 그대로 이어받은
며느리 손맛 자랑으로 어우러지고

반짝반짝 빛나는 장독대 항아리 위로
촉촉이 내리는 아침 이슬비는
이별의 시간을 늦추고 있다.

가을 이야기

가을 길을 나서면
가을 익은 고추보다
더 붉은 고추잠자리
바지랑대 위에서
저공비행을 준비 중이다

동구 밖 길가
코스모스 꽃밭에서
키를 재 보다가

가을 논에 들어가
익어가는 벼 이삭
만지며 뛰어다니다

메뚜기 잡아 프라이팬에
튀겨 먹던 친구들의
낯익은 웃음소리

세월의 모퉁이마다
서성이는 바람 소리
저 건너편의 솔숲에
그림자 들어오고

무심한 실바람 한줄기
시원함을 몰고 오면
강가 실버들 가지에
걸려 있는 초저녁
만월의 보름달을
바라보고 있을 때

흑백사진 한 필름
다 돌아가고 깊어가는
가을 속을 걸어간다

가을 사랑

파란 가을 하늘 높이
구름 한 조각 떠가고
그 위에 그리움 새긴다

삶의 무게에 짓눌려
창가에 쌓인 먼지만 보다가
저 멀리 흘러가는 구름을 보며
마음을 갈무리해 본다

요란했던 여름날 비지땀 흘리며
초록의 알갱이들 결실을 위해
열심히 준비를 서두른다

가을 들판에 곡식 익어가는 옆에
팔 벌린 허수아비들 하나둘씩
산책 나와 서 있고 고추잠자리
위에서 날쌔게 움직인다

바람이 손짓하는 사이로
코스모스 맑게 한들거리고
발밑에 쌓이는 고운 추억들
가슴 저린 가을 사랑이 익는다

옥수수와 할머니

내가 살던 고향 집은
어느 곳도 낯설지 않다

눈길 닿는 곳마다
할머니의 손길이 스쳐
지나간 곳이다

할머니는 늦은 봄 옥수수
서너 알씩 돌담 가장자리
땅에 묻었다

씨앗들이 올라오나
안 올라오나 궁금하여
연신 들여다보곤 하는데
어느 날 아침 연둣빛 부리를
내밀고 올라오기 시작한다

사그락사그락 옥수수 대
부딪히는 소리 할머니 한산모시
치맛자락 스치는 소리와 같다

할머니는 밭을 일구시어
옥수수를 심고 가뭄에 타들어 가는
밭에 물길을 열어 주면
옥수수 대가 하늘을 찌를 듯
수염을 달고 치솟아
기세 좋게 뻗어 나가
탱글탱글 알이 여물면
흉년이 든 해에
이웃에게 내놓으셨다

옥수수 자루에 보라색이 박힌
알들이 제법 잘 익어
옥수수 가루를 부드럽게 내려 밀
가루와 섞어 완두콩을 넣고
빵을 쪄 놓으면 이보다 더
맛있는 별미가 없다

지금 할머니는 아니 계시고
마당 가 무쇠솥에 서는 옥수수 삶는
냄새가 구수하고 동네잔치가 한창이다

가을 시장

가을을 그대로 옮겨 온 시장에는
붉은 고추와 햇과일들
옥수수 삶은 구수한 냄새가 난다
소주 한 잔에 딱 어울리는 매콤한 닭발과
고소한 부침개 맛이 어우러지는 오일장이다

주말이면 시장을 보는 나는 이 냄새들이 친근하다

옆집 선이네 어머니는 입구에서 채소를 판다
이거 가지고 가서 저녁 반찬 해 먹어라
괜찮다고 하면서 받아든 비닐봉지 속에는
아이들이 좋아하는 호박 부침개 재료가 가득하다

느린 걸음으로 발길을 옮기자 시장 터줏대감인
새우젓 할머니가 보인다
손님 받아라, 고추야 잔돈 좀 바꿔 줘
새우젓 할머니는
미역 파는 아주머니에게는 미역아
고추 파는 할머니에게는 고추야
마음대로 이름을 지어서 부른다

제목 : 가을 시장
시낭송 : 최명자
스마트폰으로 QR 코드를 스캔하면
시낭송을 감상할 수 있습니다.

새우젓 할머니는 남편과 일찍 사별하고
시장에서 삼십여 년 반평생을 지내 신다
오랜만에 뵌 할머니 손을 덥석 잡으니
오랜만이구먼, 이 새우젓 가져가서
*애동 호박과 볶아 먹으라고 하신다

마음이 울적하면 시장에 나와서
인심 좋은 사람들 냄새 맡으며
활력을 얻는다

*애동 호박 경상도 지방어: 파란 초록색 어린 호박

어느 가을날

들꽃들이 지켜보는 오솔길을
가슴에 조금 담아 왔다

가만히 귀 기울이고 있으면
정든 길을 지나 온밤을 휘돌아

붉은 강물 흔들리는 소리
눈이 시리도록 파란 햇살을
마음에 조금 담아 왔다.

갈대숲이 노래하는
만개한 순정의 사연을
눈 안에 조금 담아 왔다

달빛 고운 산장에 올라
바람 속에 전해지는
메아리의 울림을
귓가에 조금 담아 왔다

태양과 바람과
꽃과 익어가는 열매들을
손수건에 조금 담아 왔다

우리는 하나

당신이 내 마음속에 들어와 있다면
행복을 건졌다 하겠습니다

당신이 내 삶 속에
자리 잡고 있다면
꿈이 이뤄졌다 하겠습니다

내 마음속에 당신이 있고
당신 마음속에 내가
숨 쉰다면 우린 하나입니다

당신과 내가 소원하는
것이 한 길이라면
캄캄한 어둠 속이라도
훤히 밝은 한 길입니다

긴긴 기다림일지라도
나는 기다립니다
기다림이 헛되지 않음을
당신이 알고 계심을,

무궁화 액자

액자 속 지도는
무궁화로 수놓아
삼천리 금수강산을
빛내고 있다

처음 보는 사람들은
모두가 무궁화 꽃 앞에서
눈을 동그랗게 뜨고
찬사를 보낸다

통일의 염원을 꿈꾸며
한 땀 한 땀 올올이 엮어서
남북한 18도를
무궁화로 길을 낸다

백두에서 제주까지
삼백육십다섯 송이
꽃길로 수놓은
한반도를 돌고 돌아

어울려 평화를 노래하며
춤출 날을 기다리고
오늘도 무궁화 향기를
삼천리 반도에 뿌리고 있다

가을 여행

가을이 익는 소리가 들린다

고향 가는 버스 안에서 보는 산등성이 풍경은
나무에서부터 타는 가을이 온 산을 수채화 물감을
칠하며 내려오고 있다

아담한 기와집이 있는
유년의 내 풋 시절에는
논두렁에서 메뚜기 잡고
물도랑을 파서 미꾸라지 몰이로
온통 흙탕물 뒤집어쓰던
유년시절로 달음박질친다

초가지붕 위에서는 보름달 만한
둥글고 큰 박 덩이가 환한 웃음을 짓고
어릴 적 친구와 돌담 밑에 앉아서
손톱에 봉숭아 꽃물 들이던 생각이 난다

슬프고 아렸던 마음 한쪽에 묻어 둔
추억이 버물어저 뭉클거리는데
가슴에 아련한 정 한바작 담고 있다.
어제 일처럼

한줄시(낙화)

그
찬 란
한

꽃
잎 이
초
록
잎
을
두
고

떨
어
진
다

고향 가는 버스 안에서 보는 산등성이 풍경은
나무에서부터 타는 가을이 온 산을 수채화 물감을
칠하며 내려오고 있다

가슴에 묻어 둔 시간

손사래에도 스러지는 빛
미풍에 그림자도 흔들리고
스러질 듯 말 듯
위태롭게 유지하는 여린 빛은
절망 앞에 무릎 꿇는
짙은 어둠에서
한 줄기 희망이 된다

할머니와 무쇠솥

마당 가장자리에
제자리처럼 자리 잡은 무쇠솥
반질반질 할머니의 정성이
솥뚜껑 위를 서성인다.

뚜껑의 무거운 짓눌림은
고소한 밥 내음만으로 배부르다

봄맞이 나온 쑥
개떡이 되어 대청마루에 눕고
여름 뜨거운 햇살을 피해
땅속에 숨은 감자
밀가루 뒤집어쓴 수제비 되어
동네 한 바퀴 돌고

머리 무거움에 고개 숙이던 수수
배고픈 이의 웃음으로
피어나게 하는
후한 인심의 무쇠솥

가난과 씨름하던
힘겨움 속에서도
나눔을 퍼내던 무쇠솥

제목 : 할머니와 무쇠솥
시낭송 : 박영애
스마트폰으로 QR 코드를 스캔하면
시낭송을 감상할 수 있습니다.

76

배고픈 이들과 함께한
할머니의 마음으로
오늘도 나는 무쇠솥을 닦는다.

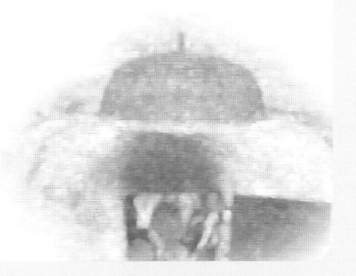

김장 김치 여행

농부의 품을 떠난 배추는

미끈한 손 예리한 칼날에
푸른 날의 인생이 토막 나고
짠 소금물에 절여져서
표실 포실한 몸 전체가
깨끗한 물에 수영하고
거듭난 삶으로 다시 태어난다

고춧가루를 선두로 열두 가지 양념에 버무려
한 잎 두 잎 켜켜이 양념으로 배가 불러
항아리 속에 이사 오니 먼저 온 동창들이
차곡차곡 정리된 삶으로 소곤대고 있다

내일이면 건넛마을 경로당에 효도하러 갈
이별 잔치로 마음이 분주한 큰 항아리 속
먼저 온 친구들은 다른 동료들을 타이른다
조언을 넘어서 어려운 인생 공부를 함께 하는 것 같다

뻣뻣하게 굴지 말고 나긋나긋 혀끝에 착착 감기며
양념으로 간이 배어 더불어 조화롭게 한세상 어우러져
감칠맛 나게 숙성되고 콧대를 낮추고 포용심을 길러
넉넉한 가슴으로 품고 일심동체로 고임을 받으라고
일러주며 맛있는 김치로 거듭나는 중이다

제 삶은 언제 끝날 줄도 모르면서

가난 (소풍날의 회상)

화사한 꽃길 따라 소풍 가던 날
궁핍은 도시락에 담겨 따라오고
시큼한 김치 한 조각에 꽁보리밥은
어둑한 숲 속에서 흘리는 눈물
한 방울로 따라온다

쪼그린 가난이 운다
감자 한 알 쥐고
눈물을 반찬 삼아 허기를 채우는
숲 속 어둠의 친구
가슴에 찬 서러움을 친다

이는 바람에 까만 꽁보리밥이 하얗다
몇 날 며칠을 가녀린 손으로
품을 팔아 싸준 어머니의
고행의 피눈물이었다

등골이 시리고 뼛골에 바람이 지나가
목구멍까지 차오르는 가난
추위를 툭툭 치며 걷어낸 절망
어둠 속에 한 줄기 빛은 희망을 부른다

가난은
나보다 더 가난한 사람을 보면
부자가 된다.

편도선염

목구멍까지 차오른 고통이었다.
물 한 모금 급히 삼킬 수 없는 통증은
한 여름날 달아오른 쇳덩이를
손에 쥔 것 같은 뜨거움이었다.

토해낼 수 있다면
도려내서라도 토해내고 싶었다.
하루의 지친 일상을
한숨으로 토해내듯
꾸역꾸역 뱉어 내고 싶은
목덜미의 통증이 며칠째 내 안에서 산다.

소멸시키고 싶었다.
열정을 바쳐 살아온 삶을
깨끗이 지워버리고 싶었다.
목구멍 어디선가 자라나는 편도선염처럼
가슴 한쪽에 자라고 있는
곪은 염증 덩어리를 이제 칼로 도려내고 싶다

쉼 없는 하루의 번뇌가 만들어낸
삶의 염증은
가슴에서 자라고 심장의 박동을 먹고 산다.
생각을 좀 먹는 삶의 파편들은
혈관을 타고 몸의 구석까지 번져가고
주저앉은 고단함은
목소리까지 잠식당한 염증으로
지쳐가는 육신의 고단함을 토악질해댄다.

몸에 돋친 가시 하나
오늘도 하루 언저리를 서성이며
곪아 있는 염증 하나 찔러 댄다.
스러진 감성 조각 끌어안고서

촛불

손사래에도 스러지는 빛
미풍에 그림자도 흔들리고
스러질 듯 말 듯
위태롭게 유지하는 여린 빛은
절망 앞에 무릎 꿇는
짙은 어둠에서
한 줄기 희망이 된다

한 치 앞도 보이지 않는 어둠
나아갈 길이 보이지 않는 미로
절망의 끝이 보이지 않는 삶은
끝과 끝이 뒤엉킨 실타래

천 길 벼랑 끝
위태롭게 떠듬거리는
삶 앞에 내민 가녀린 촛불은
소슬히 부는 바람
두 손으로 잠재우는 합장이다.

삶을 포기한 이에게
내미는 따스한 손길
환한 희망의 촛불이다

부근리 고인돌

높은 하늘 아래 평화로운 능선에
자리 잡고 있는 고인돌은
삶의 흔적이다

두 개의 발 받침대와
그 위에 놓인 탁자 모양의 평평한 돌
그 안쪽에 묘실은 흙을 파서 움집을 만들어
다지기를 수십 층으로 하여 안쪽에
판석을 세워 묘실을 만들었다

고인돌 사역에 동원되었을 수많은
부족들의 노고가 풀밭에서
탁자로 노여 햇살을 받고 있다

부족들은 족장과 귀족들을 위하여
신분에 허덕이는 아픔을 겪으며
위대한 사역과 정신적 지주를
추앙하는 민중들의 신앙심을

지금의 세상 사람들에게
유산이 되어 전해지고 있다

산촌 별식

*삼도를 아우르며
넓은 가슴 깊숙이 산천을 품어 안은
지리산 산골 마을

갈아놓은 논에서 건져 올린
호두알만 한 우렁이에 무시래기 넣어
자글자글 끓인 된장국 냄새
돌담 넘어 숲 사이로 퍼지고

바람 따라 나갔던 숲 속의 새들도
돌아와 둥지 속에 자리 잡는 가을

노란 호박과 고구마 넣고 만든 호박죽이
무쇠솥 가득 입맛 돌리고
할머니의 후한 인심에
낯선 길손들과 어우러져
겨우살이 이야기로 깊은 밤 저물어가고

도시를 떠나 산 숲에 안긴 내 오감에
지리산 촌부의 정성이 포개져
산처럼 물처럼 고여 드는 저녁

여행길에 맛있는 별미가 깊어가는
가을밤을 더해준다

아들아 이렇게 살아가자

아들아!
세상에서의 삶이란 내 의지와 뜻대로 살아갈 수 없는 것이
더 많단다
내가 의도하지 않는 삶을 살아가면서 갈등도 있고 누군가와
다투기도 하고
하루하루 전쟁터 같은 날들에 지쳐 주저앉고 싶은 때도 많
단다

우리가 살아가는 길은 기차를 타고 여행하는 길과 같다.
수많은 사람이 타고 내릴 때 이기적인 마음이 생긴다면 서
로 부딪히고 밀치며
먼저 내리고, 먼저 타기 위해 발버둥 치는 모습만을 보일 것
이다.
그럴 때 한 번 더 양보하고 배려해서 부딪침이 없도록 이기
적인 마음을 버리고
길고 긴 인생의 여정에 아름다운 흔적을 남겨야 한다.

아들아!
부모 품을 떠나 아내와 만나서 새롭고 아름다운 둥지를 만
들어
인생의 기차를 타고 함께 가기 시작했음으로
항상 자신의 선택에 최선을 다하여
뒤돌아봐도 후회 없는 삶이어야 한다.

아내와 다투는 일들은 아군과 싸움하는 어리석은 짓이라
시간 낭비 체력 소모 불행을 자초하는 일이다

부부관계는 서로 힘을 합쳐 외부의 일들과 맞서 싸우는 협
력하는 관계이고
서로의 조력자임을 항상 명심하고 관용을 베풀어야 평온함
을 지킬 수 있다.
아내를 내 몸과 같이 사랑하라는 말씀을 평생 실천하며
깊이 명심하고 즉시 돌이켜 네가 먼저 사과하고 대화로 풀
어라
성품이 성숙한 사람은 먼저 손 내밀고 사과할 줄 아는 사람
이고
지는 것이 이기는 것이다

아들아!
아름다운 생각과 고운 감정에 확고한 의지로
선한 양심 안에서 적극적으로 진실하고 정확한
길을 가도록 항상 마음을 다스리고
때로는 고달프고 괴로운 일들이 닥칠지라도 소모되는 삶이
아니고
고난을 통하여 익어가는 삶이라는 신념을 지키고 살아가거
라

항상 남을 배려하고 베풀기를 부지런히 실천하고
오른손이 하는 일을 왼손이 모르게 하고 아름다운 미덕을
가꾸고
이행하기 바라며 아름답고 고운 인생의 기차 여행을 부부와
두 손 잡고
행복하게 살아가기를 진심으로 빌어본다

향나무

바람 잘 날 없는 이 세상에
향기로 온 땅을 가득 채우라고

우리 아버지 나 시집갈 때
기념식수로 심어주신 향나무

향기로 모기와 해충도
지나가는 바람에 다 실어 보낸다

인내와 고난으로 감내한 시련들
삶의 체험 되어 송두리째 껴안고

비스듬히 드러눕듯 하늘 향해
향기를 실어 나르고

여유로운 몸짓으로 향기를 뿜어
이웃에게 기쁨을 주는 아름다운
삶을 사는 향나무

바람이 불 때마다 흔들리는
나뭇잎 사이로 삶의 흔적 향기로 담아

제목 : 향나무
시낭송 : 최명자
스마트폰으로 QR 코드를 스캔하면
시낭송을 감상할 수 있습니다.

시간 속의 많은 이야기 가슴에
품고 있는 너는 내 인생의 벗이다

꽃말이 꽃

돌돌 말린 그리움 이련가
꽃송이 하나에 서러움 담고
맑은 웃음으로
바라본 하늘은
시린 외로움이었다.

분홍빛 설렘 품에 안고
화사한 햇살에
활짝 웃어보지만
찾는 이 없는 시린 하늘빛 꽃잎

지나는 발걸음 쫓아
마을에 내려와
천덕꾸러기 잡초로 짓밟히고
기다랗게 목 뺀 외로움
바람의 발길에 차인다

호젓한 골목길에
햇볕도 들지 않는 창가
벽에 기대선 그리움
홀로 죽어간 늙은 여인 영혼만이
파란 꽃잎에 앉았다.

떡 살구 그 맛

내가 놀던 뒷동산
살구나무 밑 쉼터에
잘 익은 살구들이
이리저리 떨어져 뒹굴고 있다

아이 어른 모두 씻지도 않고
옷에 쓱쓱 닦고 손으로 문질러
말캉한 살구 한입 가득 베어 물면
새콤달콤 풋살구 입안에 번지는 그 맛

해마다 이맘때쯤 맛있는 떡 살구 맛
누런 빛깔로 익어 갈 텐데
살랑 부는 바람에도 후두둑 떨어지는
풋살구 그 맛 얼굴 가득 번지는
그리움 그 맛 초여름 그 맛
먼먼 옛날의 풋사랑의 맛이다

국민장 (단풍잎)

너의 죽음이
　국민장이 되는 구나
　　널 보려고 북새통에
　　　길 막혀 나도 죽겠다

여백 속에
가둔 시간

댓가 없는
사랑을 하게 하소서
보상 없이 섬기는
마음이게 하소서
알아주지 않더라도
고난의 길 가게 하소서

가을 웃음

가
을　　이

　강
변　　에

　누
워　　맑
　은

하　　늘
　을

보　　고

　하
얗　　게

　웃
고　　있
　다

98

동백꽃 순정

생애 전부를 푸름 속에
활기차게 삶을 사는 열정

차마 하지 못한 한마디
가슴속에 묻고 서러운
세월에 붉은 피를 쏟는다

거친 비바람 모진 풍랑
속절없는 시간 속에
알알이 맺혀 삶 속에
만개한다

말로 차마 다 못할
그리운 사람아

붉은 혈흔 송두리째
각혈로 토하고 툭 터져
만개한 꽃잎으로 진다

친구와 커피 향

시린 가을비가 내리던 날
그가 떠난 공항에는
식은 커피 같은 온도의 이별이
내리고 있었다.

부산하게 움직이는 사람들
누군가는 뜨거운 커피를 종이컵에 들고
누군가는 멍하게 하늘을 바라보고
누군가는 오랫동안 기다린 그리움을 만나는
시끌벅적한 공항
뜨거운 가슴이 떠난 공허함에
심장을 데우고 싶었다.

커피 잔에 그리움이 내린다.
속정 깊은 이야기
남기고 간 속삭임은
뜨거운 그녀의 가슴처럼
손안에 남아있고
그리움마저 어찌하지 못하는
나의 미지근함은
식어버린 커피 잔에 담겨있다.

심호흡에
폐 속 깊숙이 들어오는
공허함이 커피 향으로 가득하다.

어머니의 여름

장대비가 주룩주룩 내리는 날
무쇠솥에는 하얀 감자 툼벙툼벙
썰어 넣은 밀가루 반죽 수제비가 끓고
알싸하게 매운 풋고추 맛과 어우러졌다

마루에 가득 모인 어머니 친구들의
웃음이 박 넝쿨을 따라 담장을 넘어갔다

호랑이 만난 것보다 더 무서운
보릿고개라 하지만
부지런한 할머니의 성품을
이어받은 어머니 손맛으로
우리 집은 늘 풍성하였다

비 오는 날에는
논밭에 나가 일을
할 수 없음으로
어머니 친구들이
우리 집으로 모이셨다

헌 옷 깁는 일이나
길쌈 하는 일
물레를 돌려 실뽑기와 베 짜기
삼베 홑이불 만드는 일
손놀림이 분주하셨다

일이 없을 때에는
동네 사람들 대청마루에 모여앉아
붓글씨 쓰시든 어머니의 여름은
항상 가을처럼 풍성하셨다

상수리나무

할아버지 산소 가는 길목에
상수리나무가 길 양쪽으로
줄지어 서서 저마다 뽐내고 있다

할아버지 돌아가신 해에 정성껏
심어놓고 돌보시는 아버지의
사랑으로 건강하게 잘 자란다

사람들이 지나가다 가지를 흔들고
발로 나무를 차고 나의 키 높이쯤
나무마다 날카로운 연장으로 찍었는지
흠집이 여러 군데 흔적으로 남아있다

가을이면 산속을 흔드는 메질 소리
도리깨로 타작하듯이 후려치고
가지를 흔들어 상수리 알을
내어놓으라고 매질을 한다

나무의 멱살을 잡고 흔들고
연속으로 떡메에 얻어맞으면
우수수 품 안의 자식들을 놓아주고
비틀거리며 잎마저 떨군다

살점이 떨어져 나가고
껍질이 벗겨져 진액은
눈물을 흘린다

눈물을 빨아먹는 벌과 딱정벌레
사슴벌레들이 모여 수액을 빨아
먹어도 상수리나무는
할아버지처럼 묵묵히 버티고 서있다

고요한 숲 속에 다람쥐들이
겨울 양식 모으고 사람들은
자기 욕심대로 상수리 알을 가져간다

이 가을에

온 산이 불난 것처럼
산봉우리에서부터
마을 뒤쪽 야산까지
가을 잔치가 한창이다

만산홍엽 다 모여
제 갈 길을 서두르고
서산마루에 걸쳐 있는
햇살의 여운이
시리도록 아름답다

더러는 바람 따라가다가
풍장이 되며
몇몇은 강줄기 따라 흘러가다가
수장되기도 하고
대부분 흙에 파묻혀
모태의 젖줄로 돌아가기도 한다

지금 나는
가을 깊은 자락에 내려앉아
한 줌 햇살로 만물의 살아오고
돌아감을 깊이 새겨본다

살아갈 날이 얼마 남았는지 몰라도
손길을 기다리는 소외된 사람들에게
심장 뜨겁게 사랑해 볼 일이다

전등사

꽃 구름 벗 삼아 삼랑성
성곽 황톳길 따라
초록 산허리 감돌아
정족산성 성곽 안
전등사 뜨락에
발길 멈추었다

처마 안쪽 대웅보전 나녀상에
도편수의 애절했던
사랑의 흔적이 묻어있다

구름 같은 인생인데
무엇을 채우려고 애쓰는가
저 풍경소리는 과욕과 어리석음
다 내려놓고 돌아가라 한다

경내 한 바퀴 돌아보면서
지나온 삶을 헤아려본다

햇살에 마르고 비에 씻기고
바람에 흔들리는 풍경이다

예불 끝난 무설전이
산속에 묻혀 고요하다

아기 부처 하나 마음에 담아
길상마을 들녘을 내려가고 있다

삼 남매의 안부편지

우리 삼 남매는 서로
소식을 보냅니다
긴 문장으로 다정하게
안부를 전하는 막냇동생과
핵심 요점만 찔러
상황 전달을 잘하는
친정집 기둥인 남동생
연락상황은 별로 없고 좋아하는
시만 잔뜩 써서 보내는 나
각자 자기의 몫을 잘 담당합니다

주제는 어머니의 이야기이고
서로가 상황들을 잘 알려 주어
불편함이 없습니다

가을이 오면 아름다운 낙엽 따라
동해안으로 가자고
남동생이 제안하여
마음을 모으고
기차여행을 해보자고
어머니께도 편지를 드렸습니다

우리는 의논한 날로부터
각자가 짐을 꾸리고
길 떠날 준비를 합니다

출발하는 날까지 몇 번의
연락이 오가고 합니다.
만나서 함께하는 여행보다
준비하는 기간이 더욱 재미있고
기다려지는 시간입니다

이 모든 일이 몇 년 전만 해도
우체국을 이용할 때는
더욱 신나고 재미있었는데

지금은 메일이 있어
쉽고도 편리합니다만
어쩐지 허전하고
서운한 맘도 있습니다

삼 남매는 한결같은 마음으로
모이자고 언약을 합니다

바람이 지나갈 때

소나무 가지에 반짝이는
백설이 매서운 칼바람에 휘둘리고

실개천에 물 흘러가는 소리
버들강아지 바람 따라 봄 마중한다

바람은 제길 따라 지나가도록
나무는 팔 벌려 웃음 짓는다

아지랑이 봄 아가씨 길 위에서
서성일 때 산 제비 숲 속에서
노래를 한다

삶의 흔적이 나이테로 돌려지고
지나온 삶 연륜으로 쌓아둔
쥐고 있는 것들을 하나씩 내리며
가벼워지는 마음으로 길을 나선다

복수초 사랑(우리 집 새아씨)

솔가지에 앉은 시린 눈
녹기도 전에 땅속 헤집고
고개 내미는 반가운 너
봄바람 귓불에 만지고 싶어
지상으로 첫 태동이다

겨울 긴 시간으로부터
세상 구경하고 싶어
살짝 고개 들고 눈웃음 짓는
앙증맞은 자태 수줍은 새색시
메 늘 아기 시집올 때
그 모습이다

곱디고운 순결한 네 모습
따뜻하고 부드러운
속정 깊은 새아씨
꿈으로 설레는 봄
새색시 입맞춤한다

너 가 여기 오기까지
얼마나 긴 기다림으로
모두를 설레게 하는지

콩잎 묶는 아주머니

불단 프라이팬 같은
팔월의 태양 아래
몇 시간 째 콩잎을
묶고 있는 옆집 아주머니

한 단에 백 원 할 때 얻은 가난
백발이 되도록 벗어나지 못했다

잡고 보면 섞은 동아줄 같은 인생
이런 서릿발로 내려 옛날 할머니가 되었다

달달 볶던 해도 서산에 기울고
어디서 잘못되었을까
잘 익은 콩꼬투리같이 배불러 낳은 자식
오 남매는 달거리같이 소식 끈긴지 오래다

베랑 끝에 납작 엎드린 민들레 수많은
사연 간직한 채 시골 길 바쁘게 지나가는
자동차 물끄러미 쳐다보다가 가뭇없이 사라져
가는 기억을 정성 들여 묶어 보지만 이제 도
추스를 수 없는 콩잎 같은 삶이여!

오징어

그대 꿈꾸는 뜨락에서
친구들과 현장학습으로
자유롭게 유영할 때

거친 어부의 손길에
그물 당기는 소리와
물 조각에 부딪혀
넋이 빠졌을 때

친구들과 함께
한 배를 타고
도매금으로 넘겨졌다

푸른 해풍에 껍질째
말라버린 튼실한 살점들을
쟁반 위에 올려놓고
매운 삶을 씹으며 웃고 즐긴다

눈이 내리네

적막강산에 살강살강
꽃잎처럼 내리네
외로운 한 점 담아
홀로 반짝이는
신호등 타고
깃털같이 내리네

가슴 가득
지울 수 없는
이름 하나
긴 밤새도록
생각 속에 내리네

홀로 떠나가 버린 사람
붉은 울음 토하듯
소리 한 점 없는
우주 속으로
하늘 새처럼 내리네

솔바람을 타고
오솔길 지나
목련 나무 뜨락으로
꽃잎 새처럼 내리네

사람 사는 세상에서
사랑하는 이들 위에
애틋한 정담아
향기처럼 내리네

삶에 지친 이웃에게
따뜻한 손 잡아주는
곱디고운 마음 위에
소담소담 내리네

강화 시장

김포와 강화를 이어주는
강화 대교를 지나면
네거리에 강화 인삼 센터가 있다

매일 열리는 인삼 센터 곁에
강화 오일장이 선다
오일장에는 서해안에서
갓 잡아온 조기 새우 우럭 꽃게들이
펄펄 살아서 수영하고 있다

난전에는 채소 과일
쌀 보리쌀 콩 수수 조
잡곡들이 즐비하게 자리를 잡고
어류와 공산품도 질세라
줄 맞추어 펼쳐 놓고
손님들을 기다리고 있다

쌀쌀한 깊은 가을에 비가 내리고
으스스 몸도 추워 제철에 많이 나는
싱싱한 참게와 새우를 사서

열심히 일하고 돌아온
가족들에게 꽃 게 매운탕을
끓여서 내놓아야겠다

한 입 먹고 웃음 짓는
행복한 얼굴을 그려보며
발걸음이 가벼워진다

친구야

가을 길을 걸어보자

길섶에 피고 지는
수많은 꽃과 함께 걷자
가슴에 새겨진 진한 그리움
바람결에 털어버리고
갈대가 들려주는
수많은 은빛 이야기 들어보자

친구야
조용히 흐르는 강
길섶에 흔들리고 있는
진 붉은 단풍나무 그림자
작은 호수에 비쳐
우리가 모르는
수만은 이야기 들려주는
호수의 둘레 길을 걸어보자

가을에 부는 서늘한 바람은
이루지 못한 꿈 접어놓고
발밑에 떨어지는 단풍잎
혼자 서러워 가슴에 박힌다

꽃잎 떨어져 생이 끝나는 날
그리움에 심장이 터져버려
홀씨로 미련 없이
날아가 버리기 전에

친구야 가을 길을 걸어보자

봄이 오는 소리

꽃샘추위 기승을 부리고
앙칼지게 봄바람 휘몰아쳐
잔설을 휘날리며 꽃망울 터트리고
새싹 기지개 켜고 움트는 소리
남녘에서부터 들린다

산골짜기 바위틈 작은 물줄기
살얼음 풀리고 나무들은
팔 벌려 수액을 빨아올린다

알 수 없는 산새 소리
짝을 찾아 화답하고
시냇가 바위틈 버들강아지
강여울 물결 따라 살랑 그린다

논밭에는 생명의 태동으로
싹 틔울 준비에 여념이 없고
부지런한 농부는 논밭에 나가
검불을 태운다

봄바람 따라 연기는 머리 풀고
하늘로 올라가고 뿌리내리는
고향 남녘들에는 철 따라
바람 따라 봄이 오고 있겠지

행복

존재로부터의 행복이 진정한 행복이다

적막강산에 살강살강
꽃잎처럼 내리네
외로운 한 점 담아
홀로 반짝이는
신호등 타고
깃털같이 내리네

시간 속에
갇힌 여백
김희영 시집

초판 1쇄 : 2015년 12월 04일

지 은 이 : 김희영

펴 낸 이 : 김락호

디자인 편집 : 이은희

삽화 그림 : 김희영

기 획 : 시사랑음악사랑

인 쇄 : 청룡

연 락 처 : 1899-1341

홈페이지 주소 : www.poemmusic.net

E-Mail : poemarts@hanmail.net

정가 : 12,000원

ISBN : 979-11-86373-22-4